Édouard Ga

Considérations sur le cancer en général, suivies de recherches sur le cancer des os

Thèse présentée et publiquement soutenue à la Faculté de médecine de Montpellier, le juillet 1838

Édouard Galy

Considérations sur le cancer en général, suivies de recherches sur le cancer des os

Thèse présentée et publiquement soutenue à la Faculté de médecine de Montpellier, le juillet 1838

Réimpression inchangée de l'édition originale de 1838.

1ère édition 2024 | ISBN: 978-3-38509-494-9

Verlag (Éditeur): Outlook Verlag GmbH, Zeilweg 44, 60439 Frankfurt, Deutschland
Vertretungsberechtigt (Représentant autorisé): E. Roepke, Zeilweg 44, 60439 Frankfurt, Deutschland
Druck (Imprimerie): Libri Plureos GmbH, Friedensallee 273, 22763 Hamburg, Deutschland

CONSIDÉRATIONS

N° 85.

SUR

le Cancer en Général,

SUIVIES

DE RECHERCHES SUR LE CANCER DES OS.

THÈSE

PRÉSENTÉE ET PUBLIQUEMENT SOUTENUE
A LA FACULTÉ DE MÉDECINE DE MONTPELLIER,
LE   JUILLET 1838,

Par ÉDOUARD GALY, *de Périgueux*,

Membre Titulaire de la Société de Médecine et de Chirurgie
pratiques de Montpellier,

POUR OBTENIR LE GRADE DE DOCTEUR EN MÉDECINE.

> Il est des points de la science qui ont en
> quelque sorte leurs colonnes fatales, leur
> *nec plus ultrà*, les hommes n'étant excités
> ni par le désir ni par l'espérance à péné-
> trer plus avant.   B. de V.

Montpellier,

DE L'IMPRIMERIE D'ISIDORE TOURNEL AÎNÉ,
rue Aiguillerie, n.° 39.

A MON PARRAIN,

M. VIDAL,

Docteur en médecine, Chevalier de la Légion d'Honneur, Médecin en chef de l'Hôpital de Périgueux, Membre du jury médical et Médecin en chef des épidémies du département de la Dordogne, Conseiller de préfecture, etc.

A MON PÈRE,

Chevalier de la Légion d'Honneur, Chirurgien en chef de l'Hôpital de Périgueux, etc.

A MA MÈRE.

A MES SOEURS

et

MON FRÈRE,

leur meilleur ami.

É. GALY.

considérations

SUR

LE CANCER EN GÉNÉRAL,

suivies

DE RECHERCHES SUR LE CANCER DES OS.

> Ne touchez pas aux cancers occultes, car les malades que vous aurez tenté de guérir périront plutôt ; tandis que si vous ne les traitez pas, ils prolongeront leur existence. Hipr. sect vi. aph. 38.

« Déclarer une maladie incurable, a dit « Bacon, c'est sanctionner par une sorte de « loi, la négligence et l'incurie ; c'est garantir « l'ignorance, d'une infâmie trop méritée. » Avouer son impuissance, contre quelques-unes de ces nombreuses infirmités qui assiègent l'homme pendant sa vie, ce n'est pas donner à l'ignorance le droit d'abandonner un malheureux, alors qu'il est en proie aux souffrances d'une maladie, que l'on sait ne devoir pas guérir ; ce n'est pas davantage nier les ressources de l'art, et conseiller au médecin de se confier à la fatalité. Loin de nous la pensée d'admettre avec certains philosophes compensateurs ; que sur la terre tout mal a son remède, comme tout bonheur son revers, qui en fait connaître le prix, et que cette loi régit le monde.

Mais en secondant la nature, l'homme ne doit pas croire qu'il en triomphe. S'il lui dérobe quelque secret nouveau, afin de tempérer ou de calmer ses douleurs, c'est une faible compensation à ses longues veilles et à ses constantes fatigues. Cependant il ne doit pas se décourager, ni, comme l'a observé Alexandre de Tralles, « cesser d'employer des remèdes « dans les maladies les plus graves, bien que « déjà un grand nombre aient été sans effet ; « car souvent il arrive que plusieurs choses « réussissent, malgré l'opinion contraire. » Ainsi donc, ne fermons pas notre cœur à toute espérance en présence des plus grands maux, mais aussi ne comptons pas tant sur nos propres forces, que notre orgueil aille jusqu'à nous persuader qu'un jour viendra où nous opposerons des entraves aux ravages du temps, et où nous serons immortels ! Si un pareil espoir berçait quelques instans notre imagination, *cette folle du logis*, ainsi que l'appelait Malebranche, la triste réalité dessillerait bientôt nos yeux ; l'histoire seule du cancer nous rendrait le sentiment de notre faiblesse.

A ce mot de cancer, les noms des médecins de tous les âges se pressent en foule dans notre souvenir; il n'en est pas, parmi eux, qui n'aient tenté d'expliquer, soit en alléguant des faits, soit par des théories plus ou moins hasardées, la nature de ce mal affreux qui reste encore inconnu. Ni la bile ou l'atrabile acide des anciens, ni la lymphe coagulée et devenue âcre de Boërrhaave, ni les gaz des docteurs anglais, n'ont pu répandre le moindre rayon de lumière sur ce point si obscur de la pathologie. Trouverons-nous mieux parmi les modernes? Pour les uns, le cancer est une exaltation de la vie dans telle ou telle partie, une aberration des fonctions nutritives; pour d'autres, une altération profonde des liquides qui circulent dans l'économie, une inflammation spécifique; mots prétentieux et vains, qui engendrent des idées fausses, et jettent un voile plus épais sur ce qu'ils prétendaient éclaircir ! Les observations s'unissent aux observations, les faits anciens aux faits nouveaux, et la science reste toujours aveugle devant le temps qui passe et le cancer qui détruit !

Ah ! ne nous étonnons pas que dans leur désespoir de ne pouvoir vaincre cet horrible mal, les anciens l'aient regardé comme un animal féroce caché dans les tissus, prenant toutes les formes, s'emparant de tous les organes pour vivre de leurs débris; et dont la faim dévorante ne pouvait être assouvie, qu'avec des chairs qu'on livrait sans cesse à sa voracité!

Aujourd'hui, après tant de siècles, nous sourions à la naïve crédulité de nos pères, et cependant, toujours la même incertitude, toujours les mêmes craintes!

Qui n'a pas senti son âme se décourager, à la vue de ces malheureux chez lesquels le cancer a fait quelques progrès? Alors témoins plus ou moins impassibles des ravages sanglans que la maladie a tracés dans les chairs, des paroles de consolation sont l'unique secours qui nous reste, afin de leur faire envisager, d'un regard plus tranquille, le terme de la vie.

« Que faire lorsque, comme le dit Celse,
« le cancer a été brûlé par le fer, coupé avec
« le scalpel, et que le médecin n'a rien
« obtenu; que même le mal s'est accru par
« l'emploi de ces moyens; ou qu'après avoir
« disparu et s'être cicatrisé, il a reparu,
» entraînant à sa suite tous les élémens d'une
« destruction prochaine? » Nous devons reconnaître qu'il est des maladies incurables,

car la nature a mis des limites étroites au pouvoir qu'elle nous a laissé prendre sur elle, et au-delà de ces limites nous sommes sans forces et sans défense.

Sous le nom générique de cancer, on a rapproché dans une même description, des ulcères et des tumeurs, des excavations et des excroissances, des indurations et des ramollissemens, des affections cancéreuses et des maladies à forme cancéreuse. De là, de grandes différences à établir, tant à cause de la nature de la maladie, que pour le traitement à mettre en usage, et les suites qu'on a à espérer ou à craindre de là, dirons-nous, ces contradictions si fâcheuses entre des hommes célèbres, dont les uns nient la curabilité du cancer, tandis que les autres affirment le contraire. D'où vient que Stork et Van-Swieten assurent avoir guéri plusieurs cancers, tandis que Monro raconte que sur soixante personnes opérées de cette maladie, il n'en restait que quatre, après deux ans, qui n'eussent pas essuyé une récidive ? que Scarpa n'a vu que trois cas où le cancer n'ait pas reparu ? Et que d'après M. Boyer, sur cent personnes opérées, quatre à cinq seulement ont été guéries (1) ? C'est que les premiers

---

(1) Tout récemment encore, au sein de l'Académie de médecine de Paris, la curabilité et l'incurabilité

ne parlent que de simples ulcérations ou du cancer *local* qui, quoique sous la dépendance de la diathèse cancéreuse, guérit souvent comme par un travail d'élimination ; tandis que les observations des seconds ne portent, en général, que sur des cas de cancer du sein ou des testicules : cancer qui le plus souvent est *général* (1).

Le cancer *local* ou *circonscrit* se développe comme le cancer *général*, en vertu d'une disposition particulière de l'individu qui en est affecté; mais cette disposition est beaucoup moins prononcée que dans le cas de cancer général et peut être avantageusement combattue. On l'observe chez les sujets sanguins comme chez ceux qui sont lymphatiques ou scrofuleux ; il est indépendant du tempérament, du sexe et de l'âge. Un accident

---

du cancer ont eu l'une et l'autre d'éloquens défenseurs ; et chose qui doit nous étonner, c'est que deux sociétés savantes ont couronné les deux opinions contraires !

(1) Les mots de cancer *local* et de cancer *général*, ne doivent pas effrayer ceux qui admettent la même manière d'agir de la diathèse cancéreuse, pour toutes les altérations qu'elle produit : nous pensons comme eux et nous les leur sacrifierons volontiers; mais ils nous semblent indispensables, afin de faire mieux comprendre que le premier a des effets limités, tandis que le second, envahissant à la fois tout l'organisme, ne peut être arrêté.

peut le faire naître (1), et le plus souvent il doit sa manifestation à une chute, à des coups sur une partie riche en vaisseaux sanguins ou lymphatiques, ou encore à la malpropreté. Enlevé avec soin, il disparaît d'ordinaire pour ne plus revenir. Les diverses variétés du *noli me tangere*, le cancer de l'œil, de l'espèce de celui que Desault avait observé chez plusieurs enfans âgés de moins de douze ans; le cancer des lèvres et surtout celui des vieux fumeurs peuvent lui être rapportés. On peut encore y joindre : les tumeurs isolées qui se développent dans les régions inguinales, axillaires ou sous-maxillaires, et contenues dans les mailles du tissu cellulaire, comme l'a très bien fait remarquer Sœmmering, les loupes dégénérées, quelques cas de cancer du sein, et parmi ces derniers, ceux aussi qu'on a vu abandonnés à eux-mêmes, être éliminés par la gangrène (Ledran, Richerand, etc.).

Le cancer local serait-il contagieux? Nous avons connu un paysan du Périgord qui, ayant un cancer à la lèvre inférieure, le communiqua à sa femme en l'embrassant. L'opération

---

(1) C'est ce qui lui a fait donner, par certains auteurs, le nom de cancer *accidentel* ou *acquis*; tandis qu'ils désignent par cancer *congénial* ou *primitif*, le cancer *général*.

qui fut pratiquée à tous deux par mon père, le même jour, a complétement réussi.

Disons ici en passant, que les observations de Zacutus Lusitanus, de Tulpius et de Peyrilhe, et que les expériences de MM. Alibert, Dupuytren et Biett qui nient la contagion du virus cancéreux, n'infirment en rien le fait que nous avançons ; car dans toute affection il faut avoir égard au plus ou moins de prédisposition de l'individu qui contracte la maladie, et parce qu'après s'être inoculé du virus cancéreux, ces hardis expérimentateurs n'ont pas vu se déclarer le cancer, ou parce qu'un homme a pu avoir commerce avec une femme ayant un cancer au col de l'utérus, sans en éprouver les funestes conséquences ; il n'est pas prouvé que dans des circonstances favorables, et avec la prédisposition, le cancer même local, ne soit pas contagieux. Qui oserait nier la contagion de la syphilis, parce que de dix individus qui auraient connu une femme infectée, un seul d'entre eux aurait contracté la maladie? Mais tous n'y étaient pas également prédisposés, de telle sorte qu'ils n'ont pas offert à l'affection vénérienne la même facilité de se développer.

Le cancer local peut devenir général, s'il a persisté trop long-temps, et si la matière cancéreuse résorbée a passé dans la circulation. Ainsi le cancer local est alors, pour ainsi dire, le premier degré du cancer général. Dans ce cas on peut lui appliquer ces mots de Galien « Nous avons souvent guéri les « tumeurs cancéreuses à leur début; mais dès « qu'elles ont eu pris un grand accroissement, « aucune opération n'a pu sauver les jours « du malade. »

Le cancer *général*, le cancer *véritable* de certains auteurs si je puis m'exprimer ainsi, celui qui agit en déployant toutes ses forces, celui qui, envahissant tous les organes, produit la cachexie cancéreuse ; celui-là, dis-je, ne se guérit pas.

Comme il a depuis long-temps altéré, vicié le sang, que par lui tous les organes ont été imprégnés de sucs dégénérés, dès qu'il se manifeste par des lésions organiques, il est aussi incurable que lorsqu'il a exercé ses plus grands ravages. Si vous enlevez les tumeurs qu'il aura produites, le mal ne sera point enlevé, car la cause ne cessera pas d'agir, et quelques mois, quelques années plus tard, il renaît, alors que vous le dites anéanti. Dès qu'une partie du corps est le siége d'une fluxion, ses élémens de destruction y sont bientôt rassemblés ; aussi, à l'époque de la lactation ou au moment de la cessation des règles, le moindre froissement provoque-t-il son action chez les femmes qui y sont prédisposées. Elles y sont alors plus sujettes que les hommes, et il n'est pas rare de les voir affectées à l'âge de 40 à 45 ans de divers engorgemens squirrheux du foie, de la rate, de l'estomac, de son orifice pylorique et de cancer au sein, etc.

Les tempéramens lymphatiques et scrofuleux, les vices scorbutiques, syphilitiques, sont spécialement placés sous sa dépendance; ils le favorisent et lui donnent droit de séjour.

Pour lui, l'hérédité peut être mise en question et jugée affirmativement, et nous ne manquerions pas de faits à notre appui. Qui ne connaît ce que Bayle a raconté de cette famille composée de cinq membres, qui furent tous cinq affectés de cancer, les uns au sein, les autres à la face ou à l'estomac? Rappellerons-nous la triste fin de Mme Deshoulières et de sa fille, toutes deux mortes d'un cancer au sein; ou celle non moins déplorable de la Duchesse de Lavallière et de la Duchesse de Châtillon sa fille? Le cancer général se transmet comme l'exostose. Le docteur Ribell, de Perpignan, par le dans sa thèse pour le doctorat, d'un individu qui avait une exostose essentielle; cette maladie était venue jusqu'à lui, transmise de génération en génération du côté maternel. L'histoire si remarquable donnée par Boyer, de Victoire Pélerin, atteinte de cancer des os, et dont les frères et les sœurs avaient tous des maladies semblables, serait encore une preuve des plus convaincantes de l'hérédité du cancer général.

Comme on le voit, une immense distance sépare le cancer local du cancer général ; ils sont tous deux les enfans du même père, mais doués d'une aptitude au mal bien différente. Et en effet, qui voudrait jamais confondre le simple cancer des parties molles avec celui des tissus les plus durs ? le *noli me tangere* avec l'*ostéo-sarcome ?*

Le premier n'est d'abord qu'un simple bouton qui, venant à s'ulcérer, présente autour de lui ou à sa surface de petites tumeurs verruqueuses, lardacées (ainsi que des expériences microscopiques l'ont récemment confirmé), où se déclarent parfois de légères hémorrhagies. La réaction, la douleur qu'il occasionne est à peine sensible; des caustiques le font disparaître. En est-il de même du second ? De toutes les parties du corps les os sont les plus solides; ce sont eux aussi qui sont le plus rarement atteints de maladie. Pour qu'il y ait maladie des os, il faut une altération générale et profonde de la constitution.

Voit-on le rachitis, l'exostose, le pédarthrocace (1), le cancer des os chez un sujet bien constitué? Les corps viciés par la syphilis, le scorbut, les scrofules ; ceux où domine la lymphe, ou qui sont appauvris par des excès d'abstinence, comme l'ont remarqué certains auteurs anciens chez des religieux, en sont seuls tourmentés. Vigaroux expliquait le développement des loupes osseuses exclusivement par l'influence des vices rachitiques et scrofuleux. Mais Pouteau, de Lyon, prétend que l'air a une grande part à l'accroissement des tumeurs osseuses. Nous ne savons jusqu'à quel point cela peut être fondé ; mais qu'importe? C'est le cancer général qui transforme des tissus osseux, cartilagineux, fibreux, fibro-cartilagineux, celluleux, cornés, pileux, érectiles en tissus nouveaux ou anormaux, comme le tubercule, le squirrhe, les productions lardacées, encéphaloïdes ou cérébriformes, mélanosées et colloïdes. Il désorganise pour organiser de nouveaux produits, aux dépens

---

(1) D'après les descriptions de cette maladie que nous avons lues et quelques cas rares que nous en avons observés ; elle nous parait être plutôt un boursoufflement du tissu osseux, joint à une carie scrofuleuse, qu'un véritable cancer des os, aussi ne faisons-nous que la mentionner.

de la masse du sang et des parties environnantes qu'il absorbe. Ces kystes osseux, dont parle M. Bricheteau, qui d'abord séreux, passent à l'état cartilagineux, et deviennent enfin osseux, sembleraient aussi appartenir au cancer général, quoique bien différens du cancer des os ; au cancer local, l'ulcère simple, les tumeurs verruqueuses, quelquefois lardacées, des kystes graisseux ou ayant l'aspect et la consistance du suif ; au cancer général, les matières encéphaloïdes, colloïdes, mélanosées, etc.

Mais de ce que nous venons de dire, de cette différence que nous venons d'établir entre ces deux manières d'être du cancer, naît la difficulté de savoir si l'on peut poser des règles certaines, afin de reconnaître toujours le cancer local du cancer général.

On sent de quelle importance serait pour nous un pareil résultat, afin de juger d'avance du succès des opérations, et pour distinguer les cas où il faudrait opérer de ceux dans lesquels nous devrions nous en abstenir. Mais il est impossible de formuler la conduite à tenir à cet égard. Une longue expérience, l'habitude de voir et de comparer peuvent seules nous amener à ce résultat. Comme on le pressent déjà, l'état général du malade, les maladies antérieures qu'il aura contractécs, le tempérament, l'âge, le sexe, tout devra être pris en considération. Car il pourrait arriver qu'un cancer que l'on croirait local et très circonscrit, tînt à la diathèse cancéreuse, sévissant avec la plus grande intensité; et que le cancer étant général, les moyens thérapeutiques mis en usage fussent sans effet, ou même augmentassent le mal, alors que le succès semblait presque assuré. Tel était le cas rapporté par M. Rouzet dans sa monographie du cancer, du nommé Burg, qui portait depuis plusieurs années sur la paupière inférieure du côté gauche un ulcère cancéreux très superficiel, qui ne consistait qu'en des gerçures du derme; et chez lequel, à l'autopsie, on découvrit dans le mésentère, une masse cancéreuse de deux pieds de diamètre.

Le cancer des os, avons-nous dit plus haut, appartient au cancer général; c'est encore une maladie peu connue. Les termes différens dont on s'est servi jusqu'à ce jour pour le désigner, l'ont fait confondre avec d'autres altérations. Chez les anciens, cette maladie ne paraît pas avoir été étudiée, soit qu'ils aient eu l'occasion de l'observer très rarement, soit parce que les descriptions qu'ils en ont laissées sont inexactes et nous empêchent de la reconnaître. Ce qu'Hippocrate,

Galien et Celse semblent en dire, se rapporte plutôt à l'exostose essentielle et à la carie, qu'au cancer des os.

Rhazès et les autres Arabes l'ont décrite sous le nom de *spina-ventosa*. Par ce mot, ils entendaient représenter le caractère de la douleur qui lui était propre, *spina*, et le gonflement emphysémateux du tissu osseux, *ventosa*. Toutefois, pour eux, le *spina-ventosa*, au dire de Marc-Aurèle Séverin, ne consistait qu'en du pus formé dans un os, et se faisant jour à travers le tissu osseux. Mais les modernes ayant remarqué que tantôt l'os en forme de coque osseuse enveloppait une matière fibreuse, lardacée, purulente, et que d'autres fois les parois de l'os étaient détruites et remplacées par des masses de substance fibro-cartilagineuse, ou pulpeuse, ou cérébriformes, crurent reconnaître dans ces deux altérations deux maladies bien distinctes ; et conservant à la première le nom de *spina-ventosa* à cause du boursoufflement et de la raréfaction de l'os ; ils donnèrent à la seconde celui *d'ostéo-sarcome*, indiquant par là l'espèce de carnification que le tissu de l'os avait subie.

Les auteurs ne s'accordent pas encore sur le sens que l'on doit attacher à ces deux mots, et on en voit plusieurs employer comme synonymes les expressions de *spina-ventosa* et *d'ostéo-sarcome*. Il faut en venir à Astley Cooper pour lire quelque chose de plus satisfaisant, de plus déterminé, qui répande un nouveau jour, au milieu des obscures descriptions que nous possédons déjà, sur les altérations cancéreuses des os.

D'après Boyer, on doit entendre par *ostéo-sarcome* « une altération du tissu osseux, « dans laquelle après avoir éprouvé une « distension plus ou moins considérable, la « substance de l'os dégénère et se transforme « en une substance variée, plus ou moins « analogue à celle des parties molles. Le « *spina-ventosa*, au contraire, est une « affection des os cylindriques, dans laquelle « les parois du canal médullaire subissent « une distension lente, quelquefois énorme, « en même temps qu'elles sont considérable-« ment amincies et même percées dans plu-« sieurs points, ou que leur tissu éprouve « une raréfaction singulière ; maladie dont « le siége primitif paraît résider dans la « cavité médullaire. »

Nous ne pouvons regarder ces caractères comme tranchés, car de nos jours il est reconnu que *l'ostéo-sarcome* présente, avec le *spina-ventosa*, ce caractère commun du gonflement de l'os et de sa raréfaction par l'écartement de ses lames (Bégin). Quant au premier point de développement de la maladie, soit qu'elle ait pour siége la membrane médullaire ou le périoste, ou l'os lui-même, il y a toujours formation d'une matière anormale, comme dans *l'ostéo-sarcome*, qui s'interpose dans les mailles du tissu osseux, qui s'y condense, s'y solidifie, et détruit peu à peu les parois osseuses. De sorte qu'alors le *spina-ventosa* ne différerait de *l'ostéo-sarcome*, que par la nature du produit morbide, qui se trouverait mêlé à la substance osseuse.

Examinons maintenant l'opinion de M. Bégin lui-même « Tout d'abord, dit-il, le « *spina-ventosa* est de la nature des fongus « et des tissus vasculaires, tandis que *l'ostéo-* « *sarcome* a les caractères des productions « cancéreuses. »

Qu'entend-il par là ? Est-ce à dire que le fongus des os ne participe pas de la nature du cancer? Mais ne sait-on pas que dans le tissu lardacé ou encéphaloïde de *l'ostéo-sarcome* il y entre aussi des tissus de nature vasculaire, qui ont été découverts et décrits de nos jours? Ces tissus de nature fongueuse et vasculaire dont parle M. Bégin, ne les trouve-t-on pas dans toutes les tumeurs cancéreuses ? Ce sont eux, qui ont amené M. Velpeau à prétendre

que le cancer se trouvait tout formé dans le sang. Tous les auteurs s'accordent à noter l'abondance des vaisseaux du cancer médullaire. « Ces vaisseaux, dit Laennec, dont
« les parois sont très minces eu égard à leur
« volume, pénètrent dans l'intérieur de là
« matière cérébriforme et s'y divisent en
« ramuscules déliés, qui lui donnent l'aspect
« rosé ou légèrement violacé qu'elle offre par
« endroits. » M. Récamier va plus loin ; il prétend qu'on trouve des *gerbes* de vaisseaux sanguins, convergens, isolés: « le temps, dit-
« il, où l'on trouve ces vaisseaux dans les
« tumeurs cancéreuses, est celui où elles
« commencent à se ramollir. » Ces vaisseaux n'ont point échappé aux recherches de M. Cruveilhier, il les a notés comme étant de nouvelle formation et indépendans de la grande circulation. Enfin, d'après M. Andral, la matière encéphaloïde contient le plus ordinairement des vaisseaux ou au moins du sang.

Comme on le voit, la différence que M. Bégin a voulu faire ressortir entre le *spina-ventosa* et *l'ostéo-sarcome*, en comparant les tissus anormaux qui les composent, n'est pas même aussi tranchée que celle établie par Boyer. De plus, en supposant que le *spina-ventosa* soit tout fongueux, ne doit-il pas arriver souvent que, lorsque la maladie est avancée, l'os usé se détruit, se confond avec les tissus qui l'environnent, et alors, *à fortiori*, comment distinguer le *spina-ventosa* de *l'ostéo-sarcome?*

Tout en admettant que la fibrine du sang joue un rôle très important dans le développement des tumeurs cancéreuses osseuses, il faut reconnaître aussi que la membrane médullaire et que le tissu celluleux et aréolaire de l'os n'y sont pas étrangers. Dans cette transformation pathologique, c'est à la décomposition de ces tissus qui réagissent l'un sur l'autre en se combinant, que sont dues les nouvelles productions que l'on y découvre.

Et que maintenant, dans *l'ostéo-sarcome*, ce soit l'os qui soit attaqué le premier par le vice cancéreux, ou que dans le *spina-ventosa* ce soit la cavité médullaire; que l'os soit perforé, criblé en forme de cage; qu'il renferme une matière molle fongoïde dans l'un, tandis que dans l'autre il est confondu avec la moëlle, après avoir pris une consistance lardacée ou encéphaloïde; nous ne voyons là et nous ne pouvons y voir que deux variétés de la même affection, se développant sous la même influence, le vice cancéreux; et nous ne saurions y reconnaître deux maladies distinctes.

Interrogeons le commencement de ces deux altérations, nous verrons qu'elles se développent, soumises aux mêmes conditions ; que ce sont les mêmes tempéramens qui en sont affligés ; qu'elles occasionnent les mêmes douleurs ; qu'elles convergent toutes les deux vers la même fin.

Le *spina-vensosa* et *l'ostéo-sarcome* ne varient donc que dans la nature des tissus qui les composent ; mais nous dirons plus, rarement l'un n'accompagne pas l'autre, rarement l'on trouve dans ces tumeurs cancéreuses, développées dans les os innominés, les maxillaires etc., une seule et unique substance ; c'est tantôt du sang mêlé à de la matière encéphaloïde, de la lymphe au tissu squirrheux, de la mélanose et de la substance lardacée ; et dans tous les cas, des aiguilles osseuses entremêlées à un tissu anormal ou étalées en stalactites sur les parois des os : de sorte qu'en même temps que l'os est boursoufflé et dégénéré en une matière plus ou moins analogue à celle du cancer des parties molles, son tissu, en quelques points, est exostosé ; il y a donc à la fois *spina-ventosa*, *ostéo-sarcome* et *exostose*.

C'est qu'en effet il y a addition, hypertrophie du tissu osseux ; il y a exostose dans le cancer des os. Les auteurs qui se sont

spécialement occupés des maladies du système osseux ne pensent pas différemment. J.-L. Petit, Delpech, Dupuytren, Weller A. Cooper sont de cet avis. Mais parmi tous ces chirurgiens célèbres, A. Cooper, comme nous l'avons dit, est celui qui a le mieux étudié et compris les dégénérescences cancéreuses des os. J.-L. Petit semblait prévoir qu'il était réservé à un anglais d'observer beaucoup mieux, et de décrire les exostoses fongueuses des os, lorsqu'en parlant du *spina-ventosa* il s'exprime en ces termes :
« On peut admettre dans les espèces d'*exos-*
« *toses* ce que certains auteurs ont assez mal
« à propos appelé *spina-ventosa* ; c'est une
« maladie extraordinaire différemment trai-
« tée. *Je crois cependant qu'il faut s'en*
« *rapporter aux anglais plus qu'à tous autres,*
« vu qu'il en arrive très souvent dans leur
« pays, et encore plus dans quelques îles du
« Nord qui leur appartiennent. »

Le résultat des recherches d'A. Cooper a été celui-ci

« L'exostose est un développement anor-
« mal de matière osseuse, produisant géné-
« ralement une tumeur circonscrite à la
« surface de l'os, sur laquelle elle a son
« siége. La matière osseuse ne se développe
« pas toujours dans la première période. »

« L'exostose peut affecter deux siéges diffé-
« rens ; elle peut être périostale ou médul-
« laire, selon que la matière osseuse s'accu-
« mule à la surface externe de l'os ou entre
« la membrane médullaire et son tissu
« spongieux. »

« Eu égard à sa nature intime, l'exostose
« est cartilagineuse ou fongueuse. »

« Le mot cartilagineux indique la nature
« du milieu (*nidus*), dans lequel se fait le
« dépôt de matière osseuse. »

« Enfin, *les exostoses fongueuses sont des*
« *tumeurs d'une texture plus molle que celle*
« *du cartilage, mais douées d'une consis-*
« *tance supérieure à celle des tumeurs fon-*
« *gueuses situées dans les autres parties du*
« *corps. Ces exostoses fongueuses contiennent*
« *des aiguilles de matière osseuse ; elles sont*
« *en outre de nature cancéreuse, et sont liées*
« *à une altération spéciale de la constitution*
« *et de l'appareil vasculaire. En un mot,*
« *c'est dans le tissu osseux une maladie sem-*
« *blable à celle que Key a désignée sous le*
« *nom de* fongus hématodes, *mais subissant*
« *ici, dans sa structure, des modifications qui*
« *dépendent de la texture de l'organe, dans*
« *lequel elle a son point d'origine.* »

Comme on le voit, le cancer des os ne
diffère de l'exostose essentielle des auteurs,

qu'en ce qu'il y consiste de plus, dans la formation d'un tissu anormal que contiennent les mailles de l'os, où dans lequel le tissu osseux est dissous. Ce ne sont donc pas des pièces d'os desséchées ou en macération, comme la plupart de celles que l'on conserve dans nos musées anatomiques, qui peuvent être de quelque secours dans l'étude de cette maladie, pour établir si l'exostose était simple ou compliquée de cancer ; il faut, de plus, connaître quels corps fluides ou solides les abreuvaient ou les enveloppaient sur le vivant. Des kystes, des hydatides pouvant occasioner la même distension des parois osseuses, on pourait facilement confondre l'altération des os due à la diathèse cancéreuse, avec d'autres altérations provoquées par une cause bien différente.

En nous résumant, nous dirons : que les noms *d'ostéo-sarcome* et de *spina-ventosa* peuvent être remplacés par celui plus simple de *maladie cancéreuse des os* ; et alors nous n'aurons plus à distinguer les diverses variétés des dégénérescences osseuses, qu'en spécifiant et la nature des tissus qui entrent dans leur formation, et le point où elles auront pris naissance ; soit en se communiquant des parties molles ou du périoste à la moëlle, soit en commençant par la membrane médullaire elle-même.

Nous sommes heureux de pouvoir donner ici une observation de cancer des os, qui réunit à la fois les principaux caractères de l'exostose médullaire fongueuse et de l'exostose périostale. Elle nous évitera, en même temps, de décrire à part la marche de cette maladie.

Le nommé Léonard Lafaye, cultivateur, demeurant à Léguillac-de-Lauches, près de Périgueux, né de parens sains, âgé de 20 ans et bien conformé; d'un tempérament lymphatique, ayant les cheveux bruns et la peau d'une blancheur et d'une ténuité remarquables, entra à l'hôpital de Périgueux le 5 juin 1832. Il portait à la jambe gauche une tumeur volumineuse, piriforme, régulière, et qui semblait au premier aspect contenir un liquide.

Le malade se souvenait d'avoir eu la rougeole à l'âge de huit ans, et par suite d'avoir été atteint d'un engorgement volumineux de la glande thyroïde, engorgement qui persistait encore dans un état de mollesse et de flaccidité. A seize ans, il s'était plaint d'une vive douleur dans la région lombaire, et cela sans cause connue; une saignée abondante le rendit alors à ses occupations. Cependant cette douleur persista long-temps, mais obtuse, profonde, et ce ne fut qu'au mois de septembre 1831 qu'elle disparut complétement. Une autre plus aiguë la remplaça, elle avait pour siége le tarse et le tiers supérieur du péroné de la jambe gauche. Quelques jours après, la douleur du tarse cessa, et celle du péroné se compliqua d'une légère tuméfaction sur le point de la souffrance.

Malgré cet état Lafaye vaquait à ses travaux, se bornant à des applications émollientes qui lui semblaient devoir suffire. Son mal augmentant, il eut recours aux sangsues qui, loin de produire l'effet qu'il en attendait, déterminèrent une plus grande irritation ; et dès cet instant, le développement de la tumeur marcha d'un pas plus rapide.

Dans le mois de février de l'année 1832, le malade ayant entendu vanter les secrets d'un curé de village qui à tous les maux possédait un remède souverain, n'eut pas de repos qu'il n'en eût pris conseil. A la première vue le docteur inspiré promit de le guérir ; il ordonna des bains de jambe dans de fortes décoctions de feuilles de lierre, en recommandant, sur toutes choses, de recouvrir constamment la partie avec cette plante salutaire, dont maintes fois il avait obtenu d'inespérés succès. Après bien d'autres topiques et remèdes aussi inoffensifs et aussi inutiles ; le membre s'engorgea davantage, les douleurs devinrent plus vives, la fièvre se déclara et le malade vit ses forces l'abandonner.

Le curé, n'obtenant pas par ses prescriptions tout le succès qu'il en attendait, changea d'avis, et reconnut dans la tumeur un liquide épanché ; sans hésiter il pratiqua de profondes incisions à la partie postérieure de la jambe, et quelques gouttes de sang et de sérosité furent obtenues en dédommagement de son opération téméraire. Mais les plaies s'étant cicatrisées malgré l'éloignement de leurs lèvres produit par la distension des tégumens, il ne voulut pas abandonner Lafaye aux soins de la Providence, avant d'avoir épuisé sur lui toutes les ressources de son art dangereux les moxas mirent le sceau à ses médications.

A cette époque le malade en était venu au dernier degré du marasme et avait perdu la faculté de se mouvoir. Tout était donc fini et l'espoir de guérir ne serait jamais entré dans le cœur du malheureux, si des personnes charitables, instruites de son état, n'en avaient parlé au docteur Tailleférie, qui réclama pour lui son admission à l'hôpital de Périgueux.

Le développement extraordinaire de cette

extrémité attira toute notre attention. La peau était pâle, luisante, fortement distendue et parsemée de veines variqueuses; de profondes cicatrices indiquaient les endroits sillonnés par le fer et le feu; la tumeur s'étendait depuis le creux du jarret jusqu'aux malléoles, elle occupait en forme de poire dont l'ombilic regardait l'articulation tibio-fémorale, toute la partie postérieure de la jambe gauche. Dans son plus grand diamètre, elle avait vingt-six pouces de circonférence. Son uniformité portait d'abord à croire qu'elle était formée par un liquide épanché, mais aucun battement, aucune fluctuation ne s'y faisaient sentir; elle jouissait, au contraire, d'une dureté extraordinaire. La percussion donnait un son très remarquable, semblable à celui que rendrait une tringle de fer. La chaleur y était plus élevée que dans toute autre partie du corps. Le thermomètre étant à 20° dans la salle, appliqué sur la tumeur monta à 26° 1|2; tenu dans la main du malade, il atteignit 30°. L'impression des corps promenés sur la partie supérieure de la jambe était nulle, la sensibilité n'existait qu'à la partie inférieure et externe, et encore était-elle émoussée.

Quelques jours après l'entrée de Lafaye à l'hôpital, douleurs plus vives, lancinantes, œdème, engorgement des glandes de l'aisselle et de l'aine, fièvre, anorexie, diarrhée, insomnie. Tout faisait craindre une mort prochaine et semblait contre-indiquer une amputation, seule ressource en laquelle il restait un faible espoir de prolonger sa vie.

Un régime tonique, des fomentations émollientes et opiacées sur la tumeur, pendant quinze jours, modérèrent une partie de ces fâcheux symptômes; l'espérance revint dans le cœur du malade, et lui-même réclamant l'opération, elle fut pratiquée à quatre doigts au-dessus du genou.

La tumeur pesait vingt-huit livres; disséquée elle nous offrit : à la partie externe, adhérence intime de la peau avec les tissus sous-jacens, infiltration du tissu cellulaire sous-cutané dans toute la partie interne. La plupart des muscles, amincis et décolorés, ne présentaient plus que quelques fibres d'un rose pâle, fortement repoussées par une masse ovoïde, s'étendant du creux du jarret au tiers inférieur et postérieur du tibia. Cette tumeur était formée par une substance d'un blanc terne, friable, cérébriforme, séparée ou plutôt entremêlée à une autre substance fibro-cartilagineuse et fongeuse, parsemée de rugosités qui, traitées avec un acide minéral affaibli, précipitèrent par l'ammoniaque une grande quantité de phosphate de chaux. On n'y voyait aucune trace des principaux vaisseaux et des nerfs qui se distribuent à la jambe, si ce n'est dans le haut de la tumeur où on les retrouvait, mais excessivement amincis et pour mieux dire filiformes. Le tibia semblait boursoufflé dans une grande partie de son étendue et faisait corps avec la tumeur. Mais c'est surtout sur le péroné que la maladie avait porté ses ravages ; cet os, détruit dans son tiers supérieur, était remplacé par de la matière encéphaloïde, unie à du tissu lardacé; le tiers moyen avait acquis un développement considérable et était recouvert de végétations stalactiformes ; quant au tiers inférieur, il était dans l'état naturel, ainsi que les os du tarse.

En disséquant avec plus de soin, nous pûmes nous convaincre que le péroné qui avait été le premier siége de la dégénérescence des os, avait passé tour-à-tour par les états gélatineux et cartilagineux avant d'être transformé en cette matière lardacée que nous y apercevions ; car à la partie inférieure et moyenne, on trouvait l'os ramolli comme s'il eût été sur le point de changer de nature. La cavité médullaire contenait un liquide purulent, que nous pensâmes être la matière qui, durcissant, s'interposait entre les mailles de l'os.

Ce fait nous présentait donc à la fois un cas d'exostose (les végétations stalactiformes), de cancer et de boursoufflement des os. Aussi, lorsque, plus tard, nous lûmes le mémoire d'Astley Cooper sur les exostoses, notre satisfaction fut grande en voyant qu'il désignait la dégénérescence cancéreuse des os, par le nom d'exostose fongueuse médullaire.

Le malade, après l'amputation, fut quelques jours dans un état assez satisfaisant pour nous faire espérer le succès. Après une fièvre de suppuration peu intense, la plaie tendait à se cicatriser. Son esprit était calme. Mais la faim, cette redoutable ennemie des malades, s'étant réveillée, les personnes qui l'entouraient, par un zèle mal entendu, s'empressèrent de lui procurer des alimens. Une réaction terrible survint, à la suite de laquelle il succomba. . .   . .
L'autopsie nous prouva que nous nous étions beaucoup trop abusés; les poumons étaient remplis de tubercules cancéreux, et les ganglions mésentériques en suppuration. Nous ne parlerons pas de l'inflammation gastro-intestinale que nous trouvâmes fortement prononcée, parce qu'elle était le résultat de cette violente indigestion à laquelle il venait de succomber; et qu'elle ne dépendait pas, comme l'état pathologique des poumons et des ganglions mésentériques, du vice cancéreux.

Cette observation, si digne d'intérêt à tous égards, m'avait vivement intéressé, et je me proposais de la publier lorsque le 24 du mois de mai dernier entra à l'hôpital St-Éloi de Montpellier, un malade présentant un cas exactement semblable. Ayant dessiné la jambe de Lafaye, je pus la comparer avec la nouvelle tumeur que j'avais sous les yeux, et leur identité me frappa.

Claude Seguy, meûnier, demeurant à Béziers, âgé de 37 ans, d'un tempérament bilioso-lymphatique, est né d'un père goutteux. Il se souvient d'avoir eu, vers l'âge de 7 ans, un abcès à l'aine droite, qui se termina par suppuration. A l'âge de 15 ans il eut la gale, qui disparut par l'emploi de l'onguent citrin et par un traitement général assez mal observé; mais l'année suivante des dartres squammeuses couvrirent son corps, et sa famille, regardant ce nouveau mal comme un moyen de l'exempter du service militaire, lui conseilla d'attendre qu'il eût passé l'âge de la conscription, pour s'en délivrer. C'est ainsi que pendant dix à douze ans, le germe du mal affreux qui le tourmente aujourd'hui, a trouvé des causes qui l'ont favorisé. A 26 ans seulement les bains de mer firent disparaître l'affection dartreuse. Depuis cette époque il a eu à diverses reprises des pleurésies, et tous les hivers un catarrhe pulmonaire qui disparaissait au printemps. Il n'a pas eu de maladies vénériennes.

Il y a dix-huit mois environ qu'à la suite de furoncles survenus à la jambe droite, et qui disparurent après une abondante suppuration, il ressentit vers le milieu de ce membre une douleur profonde, continue, mais peu intense, à laquelle il ne fit pas attention ; cependant un gonflement léger et des souffrances plus vives qu'il ne tarda pas à éprouver, l'engagèrent à entrer à l'hôpital de Béziers, où l'application d'un vésicatoire sur la tumeur le soulagea pour quelque temps. Étant sorti, il rentra au bout de deux mois. On le soumit alors à un traitement mercuriel, dans la pensée que son état pouvait tenir à un vice syphilitique. Au bout de quelque temps il parut soulagé, et revint dans sa famille où, depuis cette époque, il se livra à ses occupations sans être incommodé, si ce n'est lorque le membre était dans le repos, après de longues fatigues, ou le soir, quand il revenait du travail.

Mais, il y a quatre mois, le malade sentit les douleurs devenir intolérables, et il perdit le sommeil et l'appétit ; chaque jour sa jambe grossissait à vue d'œil, et une réaction générale s'établissant, les poumons déjà si impressionnables devinrent le point d'un mouvement fluxionnaire.

C'est dans cet état qu'il est venu à Montpellier. A le voir, on le croirait fortement constitué et jouissant d'une santé parfaite ; il est brun, son œil est vif, mais cette teinte ictérique jaune-paille, cachet des dégénérescences cancéreuses ou des désorganisations profondes, est répandue sur ses traits ; sa poitrine fait entendre le râle muqueux dans la partie supérieure des deux poumons ; il y ressent des douleurs vagues, latentes ; les crachats qu'il rend sont formés par une matière lanuginée, floconneuse, où l'on aperçoit des stries jaunâtres : indices qui ne trompent pas et qui décèlent assez que toute l'économie participe à la même affection.

La tumeur s'étend du creux du jarret au tendon d'Achille de la jambe droite, comme chez Lafaye, elle est piriforme, régulière, etc., etc, et reproduit tous les autres caractères que nous avons déjà signalés...

Nous regrettons de n'avoir pu recueillir en entier cette observation ; le malade, dans la crainte d'une opération, est sorti de l'hôpital le 3 juillet ; mais si nous devons juger par analogie, notre pronostic sur son sort ne peut être que fâcheux.

Nous connaissons maintenant la marche du cancer des os.

Aucun des os de l'économie n'est à l'abri du cancer ; les os de la face et surtout les os maxillaires, les os iliaques et les os longs, en sont le plus fréquemment atteints. Les vertèbres le sont très rarement.

Le cancer des os peut être confondu ou accompagné de carie, d'exostose, de kystes hydatidiques, ou d'acéphalocistes. Mais les désordres généraux qui accompagnent cette espèce de cancer général doivent dissiper tous les doutes et la faire reconnaître facilement du médecin habitué à observer. Ce n'est pas tant la forme de la tumeur, son irrégularité ou sa régularité, sa dureté, etc., que les douleurs vives et passagères, et l'état des autres organes qui amèneront à distinguer la nature de l'affection. On sait que le cancer d'emblée provoque, même au début, des maladies qui deviennent alors concommittantes ; les poumons sont souvent le siége de ces nouveaux désordres, comme nous l'avons observé chez les deux malades dont nous venons de présenter l'histoire. Boyer raconte qu'un maçon de 35 ans auquel il avait amputé le bras à cause d'une tumeur cancéreuse, étant mort des suites de l'opération, il trouva le poumon farci de tubercules cancéreux qui variaient de grosseur depuis celle d'une pomme jusqu'à celle d'une aveline. L'auscultation et la percussion de la poitrine, la nature des crachats peuvent encore venir en aide au médecin.

Mais lorsque la maladie est avancée il n'y a plus rien qui nous en dérobe la véritable origine. Comme nous l'avons vu, elle se montre au grand jour, des symptômes de réaction générale se manifestent ; le teint s'altère, il devient tantôt terne, plombé ; tantôt jaune-paille ou d'un blanc de cire, couleur caractéristique de l'état cancéreux et des désordres profonds ; la fièvre hectique s'allume, l'amaigrissement, le marasme surviennent, les liquides se dépravent, toutes les fonctions se pervertissent, se détériorent, la matière encépholoïde est résorbée et la mort en est bientôt la suite. Ou si le mal ne fait pas des progrès aussi actifs; quel sera le pronostic que l'homme de l'art osera porter sur de semblables altérations? Alors comme le prouve le triste exemple de Lafaye, le fer, le feu, rien n'entravera la marche de la maladie. Point de résolution (1), de délitescence, de gangrène à espérer, pour que le mal vienne à être éliminé.

Parlerons-nous maintenant de traitemens

---

(1) Nous doutons que les deux observations de résolution de cancer, que Monro a données soient exactes.

internes, de précautions à prendre, pour détourner ou pour conjurer la diathèse cancéreuse et osseuse? Les tentatives des Iatrochimistes qui ont conseillé d'éviter avec soin de donner au malade, tout aliment propre à déposer dans le sang de nouveaux matériaux, et à faciliter la formation du phosphate de chaux et des autres sels constitutifs des os; ou qui ont recommandé l'emploi des réactifs qui peuvent neutraliser les bases salifiables en excès, ne doivent être que mentionnés ici.

Dans le début de la maladie, A. Cooper a employé l'oxymuriate de mercure, avec la décocion de salsepareille, et il s'en est félicité; nous pensons que dans les cas où le cancer aurait été déterminé par le virus syphilitique, on pourrait en obtenir quelques résultats avantageux. Mais A. Cooper ajoute: « Nous devons reconnaître que la « médecine ne possède aucun moyen qui ait « une influence thérapeutique sur le cancer. »

Dans le cas de cancer des os, une seule chose pourrait être modifiée, jusqu'à un certain point, c'est l'état général de l'individu. Hufeland avait raison de vouloir prévenir le cancer, en soumettant le corps des malades qui avaient une tendance à cette affection, à l'usage de la saignée et à un traitement général. La méthode débilitante de Pouteau, qui consistait à priver le malade d'alimens pendant un mois environ, et à le mettre, durant cet espace de temps, à l'usage de cinq à six pintes d'eau à la glace par jour, pourrait, mais modifiée, convenir dans certains cas, afin de ralentir la marche de la maladie. Enfin, Parlerons-nous de la compression de M. Récamier? Mais avec elle les germes d'altération ne diminuent pas, et le principe du mal sévissant toujours avec la même violence, les métastases sont à craindre. Reste l'ablation de la tumeur cancéreuse; mais l'état des organes intérieurs qui sont presque constamment malades, rend les suites de l'opération bien incertaines, comme nous avons pu nous en convaincre; cependant quelques fois on pourrait la tenter, dans l'espoir de prolonger la vie (1).

Il faut l'avouer, la guérison du cancer des os n'a pas encore été obtenue; les cas bien avérés de cette espèce de cancer rapportés par les anciens auteurs, et chez les moder-

---

(1) Comment a-t-on pu songer sérieusement à inoculer la gangrène pour guérir le cancer? La gangrène est la cessation de la vie dans une partie. La momification ou la putréfaction en sont la suite; et que peut engendrer la putréfaction inoculée, si ce n'est l'infection générale?

nes, par Fabrice de Hilden, Morand, Maréchal, J.-L. Petit, Corvisard, Pouteau, Boyer, A. Cooper, n'en présentent aucun exemple. La découverte de moyens thérapeutiques à employer contre la cause qui le produit, ne deviendra une nouvelle conquête dont se glorifiera la médecine, que lorsqu'un spécifique semblable au cowpox contre la variole, ou au mercure contre la syphilis, sera venu prêter des armes invincibles à nos efforts jusqu'à ce jour impuissans. Jusqu'alors le cancer des os demeurera incurable !...

QUESTIONS.

SCIENCES ACCESSOIRES.

QUELS SONT LES CARACTÈRES DE LA GRANDE FAMILL DES LÉGUMINEUSES, ET DES TRIBUS QUI Y ONT ÉTÉ ÉTABLIES?

Cette famille, une des plus vastes du règne végétal, et dont les plantes sont répandues sur toute la terre, comprend des espèces qui ont des usages, des mœurs, et des caractères très différens. Il est très difficile d'en donner une bonne division. M. Duméril lui reconnaît six genres, M. Richard la partage en trois tribus; mais les divisions qui en ont été faites par M. Decandolle, nous ont semblé les meilleures, et nous en donnerons le tableau.

Les légumineuses réunissent des plantes herbacées, des arbustes, des arbrisseaux et des arbres, souvent d'une dimension colossale. Leurs caractères botaniques les rapprochent des rosacées, mais il est facile de les en distinguer. Elles correspondent à la 14e classe de Jussieu, dicotylédonie, polypétalie, périgynie; aux papilionacées de Tournefort, et pour la plupart des espèces, aux diadelphiques, lomentacées, de Linné.

Parmi elles il n'en est pas de vénéneuses, les feuilles servent de pâturage aux troupeaux et aux bêtes de somme, telles sont les luzernes, les sainfoins, les trigonelles, les trèfles, etc.; les semences sont farineuses, mais flatulentes; aussi les haricots, les pois, les fèves, les lupins, qui sont de bons alimens pour l'homme, conviennent-ils peu aux estomacs délicats et paresseux. Les principaux médicamens qu'en retire la médecine sont la reglisse, les gommes arabiques, du Sénégal, adragant (émolliens); le séné, le buis, le baguenaudier, la gratiole, la globulaire turbith, l'agaric blanc (purgatifs); la casse, les tamarins (laxatifs); le cachou, le sang-dragon (astringens); les baumes du Pérou, de tolu (excitans).

On reconnaît les plantes de cette famille aux caractères suivans:

Inflorescence très variée, fleurs en général hermaphrodites.

Calice constant, monosépale, tubuleux, denté au sommet, ou en cloche, à cinq dents inégales, tantôt à cinq divisions plus ou moins profondes et inégales. En dehors du calice on trouve une ou plusieurs bractées, ou quelques fois un involucre caliciforme.

Corolle polypétale irrégulière, papilionacée. La corolle papilionacée se compose de cinq pétales; l'un supérieur, plus grand, enveloppant les autres, a reçu le nom *d'étendard;* les deux latéraux sont appelés *ailes;* les deux inférieurs, plus ou moins soudés ensemble, forment *la carène.*

Étamines dix, quelquefois plus, diadelphes, rarement monadelphes, ou libres, périgynes ou hypogynes.

Ovaire plus ou moins stipité à sa base, allongé, inéquilatéral, à une seule loge, contenant un ou plusieurs ovules, attachés à la suture interne.

Style, latéral, souvent recourbé et terminé par un stigmate simple.

Fruit, gousse ou légume, en général uniloculaire, bivalve et polysperme, quelquefois charnu, déhiscent ou indéhiscent.

Embryon, à cotylédons très épais, contenus dans un épisperme membraneux.

Graines, généralement dépourvues d'endosperme.

Feuilles, alternes, ordinairement composées, quelquefois simples. Les folioles n'avortent que très rarement. Et le pétiole persistant s'étale et forme une feuille simple; à leur base on voit deux stipules souvent persistantes.

Voici le tableau de la division de ces plantes, donné par M. Decandolle.

LEGUMINOSÆ

Ordo	Subordines			Tribus
LEGUMINOSÆ	CURVEMBRIÆ. *Nempe embryonis radiculâ super loborum commissuram inflexâ seu pleurorhizeæ.*	PAPILIONACEÆ. *Seu cotyledonibus foliaceis.*	PHYLLOLOBÆ.	I SOPHOREÆ. Legumen continuum stamina libera.
				II LOTEÆ. Legumen continuum. Stamina filamentis concreta.
				III HEDYSAREÆ. Legumen transverse articulatum. Stamina ferè inter se filamentis concreta.
				IV VICIEÆ. Legumen polyspermum dehiscens. Folia cirrhosa primordialia alterna.
				V PHASEOLEÆ. Legumen polyspermum dehiscens. Folia non cirrhosa, primordialia opposita.
		SARCOLOBÆ. *Seu cotyledonibus crassocarnosis.*		VI DALBERGIEÆ. Legumen 1--? spermum indehiscens. Folia non cirrhosa.
		SWARTZIEÆ. Calicis vesicæ-formis. Lobi indistincti. Stamina hypogyna. Corolla o. Aut petalis paucis 1--2.		VII SWARTZIEÆ.
	RECTEMBRIÆ. *nempè embryonis radiculâ rectâ.*	MIMOSEÆ. Sepala et petala ante explicationem valvata. Stamina hypogyna.		VIII MIMOSEÆ. Stamina filamentis variè connexa.
				IX GEOFFREÆ. Stamina libera.
		CÆSALPINEÆ. Sepala et petala per æstivationem imbricata. Petala per æstivationem imbricata, staminaque perigyna.		X CASSIEÆ.
		Sepala ante explicationem indistincta. Calyx vesicæformis. Petala o.		XI DETARIEÆ.

— 40 —

ANATOMIE ET PHYSIOLOGIE.

L'OVAIRE D'UN FOETUS FEMELLE A TERME CONTIENT-IL DES OVULES DÉJÀ BIEN DÉVELOPPÉS, COMME LE PRÉTEND Carus ?

Buffon a dit « Le corps organisé se re-« produit, parce qu'il contient quelques « parties organiques qui lui ressemblent. » Ces parties organiques sont chez les mammifères l'œuf de la femelle et la semence du mâle. L'œuf, considéré dans la femme, doit seul ici nous occuper. « L'œuf, d'après « Burdach, produit organique d'un organe « spécial (l'ovaire) forme une vessie dans « laquelle sous l'influence de certaines cir-« constances extérieures (l'incubation), la « matière qui s'y trouve contenue devient « un nouvel individu qui, après avoir at-« teint un certain degré de vie, sort de l'œuf. » Les médecins et les savans de tous les âges, ont travaillé avec ardeur à rechercher par quelles transformations successives la matière combinée devenait *homme*, et à expliquer d'une manière satisfaisante, je dirai même certaine, la force qui présidait à des phénomènes aussi cachés.

Depuis Aristote qui admettait l'homme comme étant le seul principe de la génération, jusqu'à Harvey professant que la matrice sous l'influence de la liqueur séminale conçoit le fœtus, comme le cerveau les idées, il n'y eut pas de proposition bizarre qui ne trouvât de nombreux défenseurs, afin de résoudre ce problême, à savoir lequel des trois, de l'homme, de la femme ou de la nature a le plus de part à l'acte de la reproduction.

Les travaux des modernes n'ont pas été plus fructueux; les nouvelles découvertes semblent, au contraire, faire naître de nouveaux doutes. De même que la vie ne s'explique pas, et que nous ne la comprenons que par les actes qui la manifestent, de même son origine se dérobe à nos regards; et ne voyant que des effets, nous en sommes réduits à fonder des hypothèses sans nombre avec des expériences plus ou moins exactes, ou des observations trop légèrement admises sur la foi des auteurs.

Ce sont les travaux de Stenon, de Reigner de Graaff, de Swammerdam qui, dans le 17e siècle, amenèrent la découverte des œufs dans les ovaires des mammifères. Dès cet instant la plupart des naturalistes regardèrent les œufs comme transmis de la mère à l'enfant, et comme étant, ainsi que chez les ovipares, le germe de la reproduction.

En vain Valisnieri, Philippe Hartmann, Malpighi, Verheyen s'opposèrent-ils aux nouvelles idées qui menaçaient d'envahir la science, en niant l'existence des ovules, ou en ne voulant voir dans ces petits corps que des vésicules contenant un liquide semblable au sperme de l'homme : les ovaristes triomphèrent, et l'emboîtement des germes de Swammerdam, de Haller et de Bonnet, les animalcules de Leuvenoeck, les rêveries de Boërrhaave et le nom grave d'Astruc vinrent dans le siècle suivant prêter un puissant secours et accréditer encore le roman de la formation et du développement de l'œuf humain.

Enfin, de nos jours, malgré les travaux remarquables de Baer, de Prévost et Dumas, de Breschet, de Delpech et Coste sur l'ovalogie et l'embryologie ; malgré les expériences microscopiques et non moins connues de Raspail sur les animalcules spermatiques, les doutes touchant la préexistence des ovules à la puberté ou à la fécondation de la femme ne sont point dissipés. Aussi c'est avec raison que l'on a pu s'étonner de lire dans l'anatomie comparée de Carus les lignes suivantes :
« L'œuf des mammifères et de la femme naît
« dans l'ovaire comme celui des animaux
« appartenant aux classes inférieures ; mais

« *sa petitesse excessive rend très difficile de
« l'observer ;* et avant les belles recherches
« de Baer on ne savait rien de *précis* sur
« sa préexistence *incontestable* à l'acte de la
« fécondation. »

Incontestable ! c'est un fait qui n'est nullement acquis à la science, et quant à nous, nous ne connaissons rien de moins prouvé. Des expériences faites sur des petits chiens ou des lapins, chez lesquels on a trouvé des ovules, ne nous donnent pas la certitude de la préexistence de ces germes chez la femme; c'est ainsi que l'on a voulu prouver de nos jours que les fibres de l'iris étaient musculeuses dans l'œil de l'homme, parce qu'on disait les avoir observées sur des yeux d'éléphant et de bœuf. Les œufs n'existeront évidemment chez le fœtus femelle à terme que lorsque des recherches scrupuleuses en auront constaté la présence dans ses propres ovaires. Jusqu'à l'époque qui en amènera la découverte, nous croirons : que sécrété par l'ovaire, ainsi que l'ont démontré les belles expériences de MM. Prévost et Dumas, l'œuf ne se développe dans les ovaires que sous l'influence de la fécondation ou qu'à l'âge de la puberté, absolument comme les autres organes ou les divers liquides et solides nécessaires au maintien et au développement de la vie sont formés par *la cause inconnue* au moment opportun.

Au demeurant, nous ne pensons pas que l'on puisse voir dans les ovaires, lors de la naissance de l'enfant, le moindre rudiment des ovules que Carus avoue être d'une *petitesse excessive;* et d'ailleurs s'ils existaient à cette époque, pourquoi n'existeraient pas toujours dans la vieillesse comme dans les autres âges? et cependant l'expérience vient prouver le contraire. Pourquoi chez les animaux qui s'accouplent en tous temps, trouve-t-on sans interruption ces petits corps vésiculaires jusqu'à ce qu'ils deviennent stériles, tandis que ceux qui ne s'accouplent qu'une fois l'année, n'en présentent qu'au terme de l'union sexuelle?

La nature a limité; a assigné aux divers organes l'époque de telle ou telle transformation, et ces changemens sont proportionnés, dans chaque espèce d'animaux, aux besoins et à la durée de leur vie. Il n'y a rien d'étonnant dans ce fait qui démontre l'existence des ovules chez des mammifères, tandis qu'il constate leur absence dans le fœtus humain. C'est une conséquence de la loi que nous venons d'établir.

Disons-le à regret, sans vouloir blâmer

les recherches microscopiques auxquelles les anatomistes modernes se livrent chaque jour, il faut avouer que certains d'entre eux, voyant plus des yeux de l'imagination que de ceux dont leur corps est doué, croient très souvent apercevoir ce qu'ils supposaient être ou ce qu'ils désiraient trouver. C'est ainsi que les journaux annoncent et décrivent chaque jour de nouvelles membranes ou de nouveaux tissus, qui ne consistent souvent qu'en un peu de mucus ou d'albumine, figé sur le scalpel d'un anatomiste, voulant à tout prix attacher son nom à quelqu'un de nos organes.

Pourquoi l'homme oublie-t-il si souvent qu'il ne lui a pas été donné de connaître sa nature, ou celle des corps dont il est entouré, et que cette sentence de Gassendi, répétée par Barthez, sera toujours vraie : *L'homme ne connaît que l'écorce des choses, Dieu seul les voit en elles-mêmes !*....

SCIENCES CHIRURGICALES.

QUELS SONT LES SYMPTÔMES, LA MARCHE ET LE TRAITEMENT DU CANCER DES PAUPIÈRES ?

Les paupières comme toutes les autres parties du corps sont sujettes aux maladies cancéreuses. Les divers tissus anormaux, tels que le squirrhe, le stéatome, l'athérome, le mélicéris, etc., s'y développent également; mais l'ulcère cancéreux circonscrit est de toutes ces altérations la plus fréquente.

Le cancer des paupières est le plus souvent accidentel, c'est déjà dire qu'il appartient au cancer *benin* ou *local* dont nous avons parlé dans la première partie de notre travail ; il s'observe ordinairement chez les gens de la campagne qui se livrent aux travaux de l'agriculture, et chez les ouvriers dont les yeux sont souvent irrités par les particules volatiles des matières qu'ils travaillent, comme les serruriers, les charbonniers, les tailleurs de pierre, etc.; il peut aussi être l'effet d'une contusion ou de la malpropreté.

Le cancer peut attaquer le bord libre des paupières ou l'une de leurs commissures (Sanson); il débute par un bouton semblable à un poireau (Delpech), qui peut persister long-temps, dur, circonscrit, immobile, et dont la couleur est quelquefois celle de la peau, mais qui est ordinairement d'un rouge vif. Si le malade déchire le bouton par des frottemens réitérés, on voit s'en écouler de la sérosité qui bientôt est suivie de suppuration ; mais dans le plus grand nombre des cas l'ulcère est sec et superficiel. Tantôt il se recouvre d'une croûte grisâtre qui se reproduit aussi souvent qu'on l'arrache, et qui arrachée donne lieu à une hémorrhagie ; tantôt il marche plus vite, et en manière d'anneau il envahit les deux paupières.

Mais cette dernière désorganisation n'arrive que lorsque la conjonctive a été atteinte par le mal, car tant que le cancer se borne à la peau le progrès est peu sensible, l'ulcère ne fait que s'étaler sans s'approfondir; ce n'est que lorsqu'il est parvenu à la membrane muqueuse que ses ravages peuvent être portés au loin, et qu'envahissant l'œil lui-même, il peut détruire cet organe en quelques mois.

Pendant l'accroissement du cancer, les douleurs qu'éprouve le malade sont caractéristiques comme celles qui viennent des affections cancéreuses. Une chaleur âcre et brûlante se fait sentir continuellement sur le siége de la douleur. Pouteau attribuait ces douleurs à l'agacement des fibrilles nerveuses par des sucs extravasés qui ne pouvant rentrer dans la circulation, s'altèrent et se convertissent en un levain excessivement âcre. Quant à nous, outre l'action de l'ichor sur les filets nerveux, nous pensons que l'air extérieur qui les frappe continuellement est une des principales causes de la douleur.

Le cancer de la paupière diffère peu du *noli me tangere* tant qu'il conserve sa nature bénigne (Beer), et à la rigueur il pourrait être traité comme lui par l'emploi des caustiques ; mais le voisinage des membranes propres de l'œil et la mobilité de ces voiles rendent l'usage de ces moyens difficile. Généralement de nos jours, pourvu que la tumeur cancéreuse ne soit pas d'un volume trop considérable et n'ait pas envahi une trop grande étendue, car alors il ne faudrait avoir recours qu'à un traitement palliatif (Maître Jean, Boyer), on pratique l'excision des parties ulcérées. La facilité d'obtenir dans ce point la réunion immédiate en enfermant la tumeur dans une incision en V, dont l'ouverture est tournée vers le bord libre des paupières, a fait négliger la méthode de M. Dupuytren, qui consiste à retrancher ces parties malades avec des ciseaux courbes sur leur plat en faisant à la paupière une échancrure demi-circulaire, dont la convexité regarde son bord adhérent. On préfere surtout cette incision en V, aujourd'hui que l'autoplastie a fait tant de progrès, et qu'il est si facile de remplacer la déperdition de substance et de refaire, en quelque manière, l'organe altéré. Sans nous étendre ici sur les avantages de la réunion immédiate qui abrite la plaie de l'inflammation et qui augmente ainsi les chances favorables pour le succès de l'opération, nous dirons qu'il est important pour l'opérateur, ainsi que l'a démontré M. le professeur Serre, de conserver la muqueuse des organes dans toute restauration : sans elle point de réunion immédiate. Nous l'avons déjà dit, en parlant de la marche du cancer des paupières ; la muqueuse jouissant d'une vie qui lui est spéciale, se laisse attaquer difficilement par l'ulcération, et à sa faveur cette union adhésive dont Hunter a obtenu de si beaux succès devient très facile à réaliser.

La blépharoplastie peut être pratiquée, soit avant, soit après avoir retranché les parties cancéreuses. Pour la paupière supérieure on prend le lambeau qui doit être appliqué sur la plaie à la peau du front, par la méthode Indienne, et aux joues pour la paupière inférieure dans ce dernier cas, les tégumens jouissant d'une plus grande mobilité que ceux des autres parties qui environnent l'œil, on préfère à la torsion du lambeau la méthode française, soit par glissement (Roux de St-Maximin), soit par déplacement (M. le prof. Serre).

SCIENCES MÉDICALES.

DU TRAITEMENT DE LA PHLÉBITE.

La phlébotomie, la ligature ou la compression des veines, les excisions de ces vaisseaux variqueux, une opération intéressant une partie très vasculaire, des plaies par armes à feu, des fractures avec esquilles; l'accouchement, l'avortement, la ligature du cordon ombilical; le contact des veines avec des tumeurs ou d'autres tissus malades, des coups, des chutes, l'action d'un caustique, enfin des causes internes générales peuvent amener la phlébite. De là deux méthodes de traitement, selon que l'inflammation des veines est locale ou qu'elle est générale. Dans le premier de ces cas, des fomentations, des lotions froides, l'application de la glace pilée sur l'étendue de la veine pourront faire cesser brusquement l'inflammation. Des sangsues, des cataplasmes émolliens, l'opium, une solution d'acétate de plomb ont été appliqués avec avantage sur la partie malade. La saignée, les bains tièdes généraux ou locaux, la compression comme l'employait Jonh Hunter, afin d'obtenir l'inflammation adhésive des vaisseaux, l'incision de la veine, sont encore d'excellens moyens. Si la phlébite est générale, on mettra en usage tout ce qu'exigerait une phlegmasie des plus intenses. Laënnec s'est servi avec avantage du tartre stibié ; les frictions mercurielles réussissent aussi, on les emploie à la dose d'un gros d'heure en heure. Quand la phlébite en est venue à ce point où le pus a été résorbé et que l'on voit naître des abcès sur toutes les parties du corps, la phlébite est alors au-dessus des ressources de l'art.

FIN.

Faculté de Médecine de Montpellier.

Professeurs.

MM. CAIZERGUES, *Ex.*	MM. DELMAS.
BROUSSONNET.	GOLFIN.
LORDAT, *Supp.*	RIBES, Prés.
DELILE.	RECH.
LALLEMAND.	SERRE.
DUPORTAL.	BÉRARD.
DUBRUEIL.	RENÉ.
DUGÈS.	R. D'AMADOR.

Professeur honoraire.

M. Aug.-Pyr. DE CANDOLLE.

Agrégés en Exercice.

MM. VIGUIER.	MM. FAGES.
KUHNHOLTZ.	BATIGNE.
BERTIN.	POURCHÉ.
BROUSSONNET.	BERTRAND.
TOUCHY, *Ex.*	POUZIN, *Supp.*
DELMAS.	SAISSET, *Exam.*
VAILHÉ.	ESTOR.
BOURQUENOD.	

La Faculté de Médecine de Montpellier déclare que les opinions émises dans les Dissertations qui lui sont présentées, doivent être considérées comme propres à leurs auteurs, qu'elle n'entend leur donner aucune approbation ni improbation.

Milton Keynes UK
Ingram Content Group UK Ltd.
UKHW032328221024
449917UK00004B/305